DER BAUM ASTRID

erzählt von

Siegfried Zecherle

Verlag „Die Silberschnur“

ISBN 3-923781-54-7

Druck: Strüder Druck, Neuwied
Coverillustration von Peter Dorn
Printed in Germany

Verlag „Die Silberschnur" GmbH
D-5450 Neuwied, Heddesdorfer Straße 7

„Guten Morgen! Es ist Zeit, der Frühling ist schon nicht mehr weit!“ singen kichernd ein paar Sonnenstrahlen und berühren ganz sanft Zweige und Äste einer großen Kastanie.

„Ja ja“, brummt sie, „nur keine Panik, ich habe euch schon kommen sehen.“

Lustig und fröhlich huschen die Sonnenstrahlen weiter von Strauch zu Strauch, wecken zwischendurch Gräser und Blumen und kommen schließlich zu dem jungen Apfelbaum, der noch immer tief und fest schläft.

„Na, was ist mit dir? Du alte Schlafmütze! Es wird Zeit, wieder zu leben“, kichern die Sonnenstrahlen und kitzeln ihn sanft an Wurzeln und Rinde.

„Was? Es ist schon wieder Frühling?“ fragt er verschlafen und blinzelnd. Er reckt und streckt sich, schaut um sich und läßt ein lautes „Guten Morgen, meine Freunde!“ erschallen. Von überall her tönt es nun in allen möglichen Tonlagen: „Guten Morgen! Guten Morgen!“

„Na, wie wär’s mit einer kleinen Dusche?“ kichern die Sonnenstrahlen, warten aber auf keine Antwort, sondern verstecken sich hinter einer großen Regenwolke.

„Achtung, aufgepaßt, meine Freunde!“ ruft diese und fängt auch schon an, ihre Regentropfen auf das erwachende Leben zu verteilen.

„Haltet euch fest!“ sagt der Wind und huscht durch Bäume und Sträucher, „damit mir keiner umfällt, wenn ich euch so umdrehe, daß unser Freund Regen jede Pore vom alten Schmutz befreien kann.“

Und alle tun, wie befohlen. Als die Regenwolke weiterzog und somit Platz machte für wärmende und trocknende Sonnenstrahlen, fühlte sich alles pudelwohl und fing an, zu wachsen und zu blühen. Bald schon kamen die ersten Zugvögel aus dem Süden zurück und erzählten dem jungen Apfelbaum ihre Erlebnisse. Sie sprachen mit Begeisterung vom großen blauen Meer, von Schiffen, die sie sahen, und von Bäumen, die so groß waren, daß die Menschen Häuser darauf bauen könnten.

Mit großen neugierigen Ohren hörte der Apfelbaum zu und spürte zum erstenmal in seinem Leben so etwas wie Neid.

„Ich armer Tropf", sagte er zu sich selbst. „Mir wird immer wieder nur erzählt, was es auf dieser Welt alles gibt. Wie gerne möchte ich fliegen können wie meine Freunde, die Vögel. Aber ich kann immer nur hier stehen und muß mir alles erzählen lassen."

Er dachte immer weiter, wurde traurig und ließ sich auch durch das beschwichtigende Zureden der Vögel nicht aufmuntern. Sie wollten ihm erklären, daß alles seine Richtigkeit habe auf dieser Welt.

„Wo sollten wir uns denn zu unserem Abflug im Herbst versammeln, wenn du nicht da wärst? Und wer soll denn dann den Sauerstoff herstellen, den wir brauchen, um leben zu können? Außerdem bist du sehr wichtig für die Menschen, weil sie sonst verhungern würden, wenn alle Bäume plötzlich Vögel sein wollten."

Dann erzählten sie ihm noch von den Gefahren, denen sie während ihrer Reisen ausgesetzt sind, von Menschen, die riesige Netze in die Lüfte spannen, um sie zu fangen, und daß sich in einem Vogelleben auch alles wiederholt.

„Dann will ich eben Mensch werden!“ rief er voll Begeisterung. „Ja, Mensch will ich sein. Dann ist nicht alles wieder das gleiche. Als erstes werde ich verhindern, daß diese Netze gespannt werden. Später will ich dieses große blaue Meer sehen und mit einem dieser Schiffe darauf umherfahren und mir ein Haus auf einem dieser großen Bäume bauen. Dann hat das Leben einen Sinn, und ich werde glücklich sein“.

Und so machte er sich seine Gedanken, wie schön es wäre, Mensch zu sein. Er dachte und dachte und merkte gar nicht, wie die Zeit verging. Alles fing an zu blühen. Einige Bäume trieben bereits Knospen, nur der Apfelbaum nicht. Vor lauter Denken und Denken wurde er immer trauriger und hatte bald keine Lebenslust mehr.

Als er wieder einmal bis spät in die Nacht unglücklich vor sich hinträumte, hörte er eine weiche, sanfte Stimme:

„Du bist auf der Suche nach dem Glück, mein Freund? Ich kann dir behilflich sein.“

Erstaunt und erschrocken fragte er: „Wer bist du, daß du mir solche Hoffnungen machen kannst?“

„Ich bin eine gute Fee“, sagte die Stimme, „und kann es nicht mehr mit ansehen, wie du dich quälst. Ich bin immer dann zur Stelle, wenn sich jemand von ganzem Herzen etwas wünscht.“

„Du kannst mir also helfen, Mensch zu werden?“ fragte der Baum voller Freude und aufflammender Lebensenergie.

„Ja, das kann ich, doch will ich dir sagen, daß das Glück zu finden die allerschwerste Aufgabe der Menschen ist. Jetzt lebst du *mit* der Natur, als Mensch jedoch *gegen* sie. Oft wird dir der Regen ein Greuel und die Sonne eine Qual sein. Du wirst dich gegen den Wind stellen und ihn deshalb oft verfluchen. Diese Einheit und Harmonie mit der Welt, in der du jetzt lebst, wirst du vergessen. Glücklich bist du erst, wenn du diese wiedergefunden hast. Aber als Mensch wirst du nicht mehr wissen, wo das Glück zu finden ist. Überall wirst du Ausschau halten und zuweilen das Gefühl haben, daß du es jetzt gefunden hast. Aber dann zerplatzt diese Seifenblase wieder, und du gehst von neuem auf die Suche."

„Aber für mich bedeutet es Glück, wenn ich tun und lassen kann, was ich will", erwiderte der Apfelbaum, und seine Gedanken sprudelten nur so aus ihm heraus. „Ich werde tanzen, lachen, singen, mit Kindern in die Pfützen springen, den ganzen Tag zur Schule gehen und lernen. Ach, wie wird das schön! Ich werd' wissen, wo Australien liegt, wie weit sich die Tragflächen eines Flugzeugs biegen. Werd' wissen, wie man Kleider macht und warum der Tag länger ist als die Nacht, werd' wissen, wie schnell der Mond sich um die Erde dreht und warum dort am Himmel ein Regenbogen steht."

Jetzt wurde die gute Fee ein wenig traurig, weil sie spürte, daß sich der Apfelbaum von seinen Gedanken kaum mehr abbringen ließ.

„Nun gut", sagte sie mit einem winzigen Hoffnungsschimmer in ihrem Herzen. „Dann wollen wir einmal sehen, wie wir es anstellen. Ganz so einfach, wie du dir das vorstellst, ist das nicht. Bei den Menschen hat alles seine Ordnung. Du kannst nicht plötzlich in gleicher Weise einfach da sein, wie man etwa einen Baum pflanzt. Du mußt ganz von vorne, als Baby, anfangen. Da wirst du um die Zusammengehörigkeit allen Seins noch wissen und kannst, wie jetzt auch, durch dein Herz mit Pflanzen und Tieren sprechen, den Sonnenstrahlen gute Nacht wünschen und ruhig einschlafen, weil du weißt, daß dein Schutzengel dich bewacht. Wenn du dann aber die menschliche Sprache erlernt hast, wirst du das alles verdrängt haben, weil die Menschen nur das glauben, was sie sehen können. Jedoch tief in dir drinnen wirst du es noch ahnen und manchmal davon träumen. Oft wirst du auch glauben, daß du mit Pflanzen sprechen kannst, aber das Wissen darum mußt du dir neu erarbeiten. Und das ist das Schwierigste am Menschsein. Sie denken nämlich, daß Glauben und Wissen unterschiedliche Begriffe sind. Nur in gewissen Sekunden, manchmal Minuten wirst du es fühlen, daß Glauben Wissen ist. Aber die meiste Zeit wirst du von dieser Aufgabe abgelenkt sein durch Lernen und Arbeiten, was die Menschen für wichtige Tätigkeiten halten. Und an diesem kritischen Punkt wirst du aufpassen müssen, damit du nicht krank wirst."

„Nein!" rief der Baum energisch. „Ich werde nicht krank, sondern glücklich werden. Jedenfalls will ich es versuchen. Mein Entschluß steht fest. Und jetzt bitte ich dich, liebe Fee, halte dein Versprechen und mach einen Menschen aus mir."

„Also gut", antwortete sie. „Hab' etwas Geduld, ich will einen geeigneten Platz für dich suchen", und verschwand.

Es vergingen sieben Tage und sieben Nächte, in denen der Apfelbaum vor Aufregung und Erwartung kaum mehr schlafen konnte. Als in der achten Nacht der Morgen dämmerte, huschte ein lauter Windstoß durch seine Äste, und er hörte die weiche Stimme der Fee. Sofort war er hellwach, als sie sagte:

„Bist du bereit, mein Freund?“

„Ja“ wisperte er zurück.

„Dann nimm meine Hand, und halte sie gut fest.“

Er tat es, und in diesem Moment kam die Sonne hinter dem Hügel hervor, wo er sie seit ewiger Zeit alltäglich erwartete und begrüßte. Aber heute strahlte sie tausendmal heller denn je. Für einen Augenblick hielt er den Atem an und verschloß sein Herz. Ein kräftiger Windstoß wirbelte ihn hoch in die Lüfte. Er wollte noch etwas schreien, aber es ging nicht mehr, da in dieser Sekunde in einem kleinen wunderschönen Haus, in der Nähe einer großen Stadt, ein Baby namens Astrid geboren wurde.

Es dauerte einige Wochen, bis Astrid sich von dem Erlebnis erholt hatte. Eines Tages streckte eine Freundin der Mutter den Kopf in ihren Kinderwagen und sprach zuckersüße Worte, die Astrid natürlich nicht verstand. In ihrem Herzen aber spürte sie, daß nur die Hälfte ihrer Worte wahr waren. Da fing sie fürchterlich zu schreien an. Andere Menschen kamen und sprachen nicht viele Worte, sondern zeigten Astrid ihr Herz, und sie freute sich und lachte. So vergingen die Jahre, und Astrid wuchs, wohlbehütet von Vater und Mutter, an diesem schönen Ort zu einem kleinen Mädchen heran. Sie war so nah mit der Natur verbunden, daß sie bald alle Blumen, Sträucher und Bäume beim Namen kannte. Bald schon wurde es ihre Lieblingsbeschäftigung, auf Bäume zu klettern. Sie war flinker als alle ihre Freunde, und man konnte meinen, sie kenne jedes Astloch und jede Mulde der Baumstämme. Zu guter Letzt baute ihr Vater – auf ihr Drängen hin – ein Baumhaus, so daß nun ihr Glück perfekt war. In den Sommermonaten schlich sie sich oft vor Sonnenaufgang hinaus und kletterte in ihr Baumhaus, um die Sonne zu begrüßen, wenn sie auf den Hügeln erschien. Sie sprach mit dem Wind, der leise durch die Ritzen des Baumhauses wehte, und hörte dem Regen zu, dessen Worte sie in ihrem Herzen verstand. Oft wunderte sich ihre Mutter, wenn sie mit Astrid einkaufen ging und sie den Regenschirm mitnahm.

„Woher wußtest du, daß es regnen

wird?“ fragte sie dann, und Astrid antwortete nur:

„Vom Wind.“

Eines Nachmittags verdunkelte sich der Himmel. Ein Gewitter nahte. Astrid rannte, so schnell sie konnte, um die Mutter zu holen, die auf dem Bänkchen unter der großen Buche saß.

„Hab keine Angst mein Kind, es wird nur ein bißchen regnen.“

Astrid aber hörte nicht auf zu weinen und zu flehen, bis die Mutter endlich nachgab und mit ihr ins Haus zurücklief. Es wurde immer dunkler, und plötzlich zuckte ein Blitz vom Himmel, der die Buche und das Bänkchen zerbersten ließ.

„Vom Wind“, sagte Astrid wieder, als sie in die entsetzten Augen der Mutter sah.

Dann kam die Zeit der Schule und des Lernens. Astrid wollte alles ganz genau wissen und wurde eine sehr gelehrige Schülerin. Immer seltener kletterte sie in ihr Baumhaus, sondern saß in ihrem Zimmer und lernte. Des öfteren wurde sie jetzt bei Spaziergängen von Unwettern überrascht, weil sie zum Beispiel in Gedanken Rechenaufgaben löste oder darüber nachsann, wann Amerika entdeckt wurde. Mit der Zeit wurde Astrid ernster und nahm sich immer wichtiger mit ihren Lernaufgaben. So bemerkte sie gar nicht, daß sie den Kontakt zu Bäumen, Sträuchern und der Natur verloren hatte. Daß die Blumen, die sie pflückte, um ihr Baumhaus damit zu schmücken, bereits nach einigen Stunden welkten und nicht mehr wie früher tagelang blühten, fiel ihr auch nicht auf. Sie pflückte einfach einen neuen Strauß, ohne ihnen zu erklären, wofür, und steckte sie in eine Vase.

Die Jahre vergingen, und aus dem Mädchen Astrid wurde eine schöne junge Frau. Eines Tages begegnete ihr ein stolzer junger Mann, der ihr das „wahre“ Glück auf Erden versprach. Alsbald heirateten sie und zogen in die große Stadt. Sie bekam ein schönes, neues Auto, mit welchem sie tagsüber spazierenfuhr, und genügend Geld, um sich elegante Kleider kaufen zu können. Sie verbrachte viel Zeit mit Freunden in Kinos, teuren Restaurants und beim Tennisspielen. Eines Tages sagte Astrid zu einer Freundin: „Morgen wollen wir schwimmen gehen.“

Aber an diesem Tag regnete es, und so ärgerte sie sich über den Regen. Ein anderes Mal kam sie vom Friseur, aber der Wind zerzauste ihre Haare. Da schimpfte sie über den Wind. Und als sie einmal länger schlafen wollte, schien ihr die Sonne durch das Fenster ins Gesicht. Da ärgerte sie sich über die Sonne. Die Wochenenden, an denen ihr Mann Zeit hatte, verbrachten beide auf Festen oder luden Freunde zu sich ein. Es wurde viel getanzt, viel geredet, und alle fühlten sich glücklich. Doch eines Tages wurde Astrid traurig. Kaum mehr ging sie mit ihren Freunden aus, sondern saß nur in ihrer schönen Wohnung und versuchte, die Ursache ihrer Traurigkeit zu ergründen. Nach vielen langen Wochen fand sie auch eine Erklärung. So sagte sie zu ihrem Mann:

„Jetzt weiß ich den Grund meiner Traurigkeit. Ich habe es satt, immer nur über Kino, Kleider und Autos zu sprechen. Ich will so klug werden wie du und unsere Freunde, die Rechtsanwälte, Architekten und Geschäftsleute. Mit ihnen will ich über wichtige Dinge des Lebens sprechen können. Dann bin ich wichtig und werde wieder glücklich sein."

So kam es, daß Astrid wieder zur Schule ging, studierte und sich bildete. Bald konnte sie mit dem Rechtsanwalt über ‚Recht' diskutieren, mit dem Architekt über Baumaterialien und mit dem Geschäftsmann über Aktien. Sie blühte wieder auf und war glücklicher denn je. Jetzt war sie jemand, mit dem man über alles sprechen konnte. Nicht nur das, sie fühlte sich nun auch wichtig für ihre Freunde. So verlebte sie glückliche Jahre, bis sie eines Tages wieder traurig wurde. Diesesmal aber wußte sie sofort den Grund.

„Ich will fremde Länder sehen!" sagte sie zu ihrem Mann. „Mit einem Segelschiff will ich auf dem Meer umherfahren. Von Inseln und Palmen wird mir immer nur erzählt. Aber mit meinen Augen will ich sie sehen. Dann werde ich wieder glücklich sein."

Und so nahm Astrid ihren Rucksack

und ging auf Reisen. Nach drei Monaten kam sie freudestrahlend zurück. Sofort rief sie ihre alten Freunde zusammen und erzählte ihre Erlebnisse. Einige hörten ihr zu und bewunderten ihren Mut, aber sie freuten sich nicht mit ihr, da sie sich das alles nicht vorstellen konnten. Andere stellten Fragen und bestätigten ihre Aussagen. Das waren jene, die selber schon ähnliche Reisen unternommen hatten. Und plötzlich merkte sie, daß all dieses Reden eigentlich sinnlos war. Auf einmal erinnerte sie sich an Gespräche, die sie mit ihren Freunden vor ihrer Reise geführt hatte, als sie noch ihrer neuerworbenen Bildung wegen glücklich war. Sie merkte, daß auch diese sinnlose Gespräche waren, da immer von Dingen gesprochen wurde, die beide Partner bereits wußten. Zum drittenmal wurde Astrid richtig traurig. All die Jahre, die sie noch einmal zur Schule gegangen war und durch die sie sich bildete, waren umsonst, dachte sie. So wollte sie gar nicht mehr außer Haus gehen. Und nicht nur das, sie weigerte sich sogar, das Bett zu verlassen. Ihre Freunde kamen immer seltener zu Besuch und schließlich gar nicht mehr. Nur ihr Ehemann sorgte sich noch um sie. Immer wieder versuchte er sie aufzuheitern und konnte ihre Traurigkeit nicht verstehen, da sie doch alles hatte, was das Glück ausmachte. Schließlich wußte er sich keinen anderen Rat mehr, als einen Arzt kommen zu lassen. Dieser verordnete jede Menge Medikamente. Doch es änderte sich nichts. In den nächsten Monaten kamen etwa ein halbes Dutzend Ärzte, und keiner konnte Astrid helfen.

Da geschah etwas Seltsames. Es klingelte an Astrids Wohnungstüre. Da niemand erwartet wurde, wollte ihr

Mann auch nicht öffnen. Aber es klingelte wieder und dann noch einmal. Endlich öffnete er. Kaum war die Türe einen Spalt breit geöffnet, als ein kleines Mädchen mit wunderschönen blonden Locken und einem Frühlingsblumenstrauß in der Hand sich durch den Türspalt drängte. Sie stellte sich vor Astrids Bett und sagte ... nichts.

Auch Astrid wußte keine Worte und konnte nicht aufhören, in die klaren tiefen Augen des Mädchens zu schauen. Da drehte sich das Mädchen um, und während sie in Richtung Eingangstüre hüpfte, sang sie:

„Frag den Wind, frag die Sterne.
Himmel und Erde haben dich gerne."

Astrids Mann ging völlig sprachlos in die Küche, um eine Blumenvase zu holen. Als er zurückkam, war Astrid eingeschlafen.

Am nächsten Tag erzählte sie ihrem Mann, was sie in dieser Nacht geträumt hatte:

„Fröhlich ging ich durch die Straßen. In meiner linken Hand hielt ich einen Blumenstrauß, und mit der rechten verteilte ich jede Menge Dinge, die sich in meinen Taschen befanden. Bald versammelte sich eine Menschentraube um mich, der ich meine schönsten Kleider, Schmuck, Schulbücher und alle meine geliebten Sachen schenkte. Unendlich voll schienen meine Taschen. Beinahe rauften sich die Menschen um diese Dinge. Nur den Blumenstrauß in meiner Linken wollte niemand haben. So lief ich durch die Straßen, wurde immer leichter und glücklicher. Schließlich erreichte ich eine wunderschöne Blumenwiese. Tanzend und singend lief ich auf einen Apfelbaum zu. Mir schien, als würde er mich erwarten. Völlig außer Atem setzte ich mich zu ihm. Da fing er auch schon an zu sprechen. Er sagte:

„Gott sei Dank bist du gekommen. Lange wäre es nicht mehr gutgegangen mit dir. Du hast dich, wie so viele deiner Menschenfreunde, sehr weit vom Kern des Lebens entfernt. Gar zu viele machen die gleichen Fehler und denken, was die meisten tun, muß richtig sein. Ich will dir für die Zukunft etwas sagen: Paß gut auf, aber paß dich nicht an! Beobachte die Menschen und lerne von der Natur! Die Wahrheit ist in deinem Herzen.

Lerne Freude von den Blumen, die oft nur blühen, um Schönheit, Farben und Duft zu bringen!

Lerne Geduld von den Bäumen, die nur leben und nichts fordern!

Lerne Vorsicht vom Wasser, es gibt keine Angst, wenn du vertraust!

Bleib nicht stehen vor dem Berg, sondern steig hinauf und schau auf die andere Seite!

Sei eins mit allem, denn alles ist eins!

Dann geh glücklich deinen eigenen Weg! Alles andere ist Irrweg.“

Als Astrid diesen Traum ihrem Mann erzählt hatte, schlich sich ein Lächeln in ihre Augen, denn alles Gesagte klang sehr vertraut. Neue Lebenskraft durchströmte ihren Körper. So stieg sie, nach Monaten zum erstenmal, aus ihrem Bett mit dem sicheren Gefühl, zu wissen, was sie zu tun hatte. Sie packte ein paar Sachen und fuhr zurück zu dem Haus, in welchem sie geboren wurde.

Vieles hatte sich dort verändert. Beim Anblick ihrer altbekannten Wiesen, Sträucher und Bäume fühlte Astrid sich bereits kurz nach ihrer Ankunft sehr viel wohler. Bei dem Baum, auf dem noch immer das Baumhaus stand, spielten einige Kinder. Mit freudestrahlenden Augen schaute sie ihnen so lange zu, bis sie selber das Verlangen verspürte, zum Baumhaus hochzuklettern. Alle Kinder waren begeistert, nur die Erwachsenen ließen sie merken, daß sie dafür wohl zu alt sei. Astrid gab ihnen recht, und sofort verdunkelten sich ihre Augen wieder. Aber dann erinnerte sie sich an die Worte des Baumes, der ihr sagte, daß nicht alles das richtig sein müsse, was die meisten Menschen tun.

Und so ließ Astrid ihren Gefühlen freien Lauf. Sie spielte stundenlang mit den Kindern. Als es zu dämmern begann und sie alleine war, kletterte sie hoch zum Baumhaus. Sogleich stiegen alte Erinnerungen des Glückes in ihr hoch. Ein lauer Windhauch wehte durch die Ritzen, und sie hörte daraus die Worte:

„Willkommen im Glück."

Einige Regentropfen trommelten Worte wie: „Schön, daß du zurückgekommen bist."

Astrid blieb so lange in dem Baumhaus sitzen, bis am Morgen die Sonne über die Hügel kletterte. Die ersten Strahlen gaben ihr ein lange vergessenes Gefühl von Wärme, Geborgenheit und Liebe. Jetzt spürte Astrid, daß sie dem Glück ziemlich nahe war und daß sie es, wenn überhaupt, nirgendwo anders finden konnte als in ihr selbst.

In den nächsten Tagen ging Astrid täglich spazieren und wurde langsam wieder gesund. Eines Tages sah sie einen großen Apfelbaum ganz nah bei ihrem Haus, der ihr früher nie besonders aufgefallen war. Wie magisch fühlte sie sich von ihm angezogen. Sie setzte sich in seinen Schatten und lehnte ihren Rücken gegen den Stamm. Ein ähnliches Gefühl der Liebe wie vor kurzem in dem Baumhaus durchflutete ihr Herz. Und jetzt spürte sie es ganz deutlich. Sie konnte keinen Unterschied zwischen sich und dem Baum feststellen. Sie sah die Welt mit den Augen des Baumes und wollte nichts anderes als wachsen. Plötzlich fühlte sie sich klein und zart, ja, wie jenes Gänseblümchen, das vor ihren Füßen stand, und nahm sich als solches ernst und wollte nur schön sein. Da hörte sie eine Stimme:

„Das ist das Glück, das du jetzt spürst. Du hast es gefunden."

Astrid öffnete ihre Augen und blickte um sich. Aber es war niemand da. Da hörte sie die Worte:

„Du wirst niemand sehen. Die Liebe spricht zu dir. Du hast zum Kern des Lebens und der Zusammengehörigkeit allen Seins zurückgefunden. Dieses Wissen bedeutet das Glück."

Ein Schmetterling, der eben noch auf einer Mohnblume saß, flog mit eckigen Bewegungen auf Astrid zu und landete auf ihrem Handrücken. Astrid spürte die Wärme und Liebe, die von ihm ausging, und sie war glücklicher denn je zuvor in ihrem Leben. Mit diesem Glücksgefühl in ihrem Herzen ging sie am Abend zu Bett, und mit demselben erwachte sie am nächsten Morgen wieder. Nur manchmal gab es Tage, an denen sich dieses Gefühl abzuschwächen drohte. Aber sobald sie es merkte, setzte sie sich unter den Apfelbaum, und sofort war es wieder da. Bis dieses Gefühl schließlich immerwährend war.

Eines Tages, als sie wieder einmal dasaß und über ihr bisheriges Leben und die Menschen nachdachte, hatte sie plötzlich ein Bild vor Augen, in dem sie Menschen sah, klein wie Ameisen, die auf einem riesengroßen Ball umherliefen und das Glück suchten. Aber keiner konnte es sehen oder gar finden, da der Ball selber das Glück war. Und so suchten sie überall und ließen sich immer wieder von allen möglichen Dingen blenden. Einer schrie:

„Ich hab' es gefunden!" und lief auf ein wunderschönes Auto zu. Aber als er einsteigen wollte, zerbrach es in tausend Teile. Ein anderer fand eine Truhe, in der sich unendlich viel Geld befand. Und um es behalten zu können, versteckte er sich mit dieser in einem Kellerloch. Ein dritter begeisterte sich mit seiner Arbeit und sagte voller Stolz und Selbstvertrauen zu den anderen:

„Seht her, ich hab' es gefunden."

Da kam sein Chef und kündigte ihm.

Niemand faßte den anderen an. Und das war ihr Fehler. Denn würden sich alle Menschen an den Händen nehmen, dann könnten sie das Glück umfassen und jeder dem anderen mitteilen, was er gesehen hatte. Sie aber arbeiten gegeneinander. Solche und ähnliche Gedanken kamen ihr, als sie immer wieder unter dem Apfelbaum saß.

So lebte Astrid gesund, zufrieden und glücklich mit der Natur. Fremde Menschen kamen und fragten nach dem Glück. Sie sagte nur:

„Schließe deine Augen und öffne dein Herz."

Manche fragten nach dem Grund ihrer Zufriedenheit. Zu denen sagte sie:

„Stell dir vor, du wärst ein Baum."

Wieder andere wollten wissen, warum sie nie krank sei. Da sagte sie:

„Alles Leben hat eine Seele.“

Eines Morgens wurde Astrid von den Geräuschen einer Motorsäge geweckt. Gleichzeitig spürte sie heftige Schmerzen in ihren Beinen. Sie ging nach draußen, um nachzusehen. Und was sie sah, ließ ihr Herz verkrampfen. Der große schöne Apfelbaum! Er lag am Boden und streckte seine Äste wie Arme zum Himmel. Astrids Herz wollte zerspringen. Wie erstarrt blieb sie stehen, und es dauerte einige Minuten, bis sie sich wieder bewegen konnte. Ihr war, als hätte man sie selbst mittendurchgesägt. Aber sie wurde nicht wütend. Sie schimpfte nicht einmal, als sie sich umdrehte und zurück ins Haus ging. Sie zündete eine Kerze an, setzte sich und schrieb einen Brief:

Mein Freund,

als ich Dich zum erstenmal sah, bist Du mir kaum aufgefallen. Du warst einfach da, wie viele andere auch. Aber heute weiß ich, daß nichts einfach nur da ist, sondern alles seinen Sinn hat, wenn auch für jeden einen anderen. Ohne die erste Stufe gäbe es keine zweite. So warst Du für mich Lehrer, anderen warst Du ein Dorn im Auge. Aber da die Zeit nirgends spurlos vorübergeht, öffneten sich im Laufe der Jahre auch meine Augen ein wenig. Als ich eines Tages wieder einmal zu Dir kam voller Wut und Ärger im Bauch, da spürte ich förmlich, wie Du mich ohne Worte, nur durch Deine liebevolle Ausstrahlung beruhigt hast. Es dauerte gar nicht lange, und diese Energie des Zornes wandelte sich um in Liebe und Toleranz. So hast Du mir gezeigt, daß Liebe stärker ist als Haß.

Ich erinnere mich an Tage, da ich mut- und kraftlos zu Dir kam. Du hast mir durch Deine Ruhe und Geduld neue Energien geschenkt, so daß ich wieder fröhlich wurde. Damit zeigtest Du mir, daß in der Ruhe die Kraft liegt. Oft kamst Du mir groß und weise vor. Ich fühlte dann so richtig, daß Du das Leben und seinen Sinn durchschaut hast. Du wußtest, daß Reichtum und Besitz von materiellen Dingen nicht das Glück bedeuten, wie so viele Menschen glauben, sondern daß Geist und Seele zum Licht wachsen sollen. In solchen Momenten mußte ich Dich immer umarmen und kam mir dann viel größer vor, als ich eigentlich bin. Du wolltest, daß alle Menschen so groß werden wie Du, wußtest aber gleichzeitig, daß das nicht möglich ist. Dieses Wissen hat Dich dann traurig und ängstlich gemacht, besonders als Du merktest, daß manche Menschen immer wieder dieselben Fehler machen. Da war mir dann oft, als wolltest Du sagen:

„Geh doch weiter und besteige die nächste Stufe, bleib nicht stehen in deinen alten Gedanken, das kennst du doch schon alles. Das Leben ist nicht dazu da, um zu essen und zu schlafen, sondern um die Seele weiter zu entwikkeln. Fehler sind gut und wichtig, aber mach doch nicht immer wieder dieselben, sondern lerne daraus und gehe den nächsten Schritt."

Und dann ist es passiert. Jene, denen Du ein Dorn im Auge warst, warum auch immer – vielleicht, weil Du ihnen zu viel Schatten gemacht oder ‚ihren' Garten mit Deinen Früchten ‚beschmutzt' hast –, haben Dir das Leben genommen, und das geschah genau zu dem Zeitpunkt, als Du mir durch Dein erneutes Blühen und Reifen zeigen wolltest, daß man nie aufhören soll, an die Liebe und das Leben zu glauben, auch wenn die Welt nicht mehr im Lot ist. Vielleicht wolltest Du es so, daß sie Dich umsägten, damit ‚jene', die sich nicht trauen, ihre Gedanken zu ändern, weil das eine Änderung zu ihrem ‚wohlgeordneten' Leben bedeuten würde, diesen Brief lesen, um ihnen auf diese Weise auf die nächste Stufe zu helfen. Vielleicht habe ich Deine letzte Lehre, die Du leider mit Deinem Leben bezahlen mußtest, richtig verstanden.

Von den Tränen, die jetzt aus meinen Augen quellen, weiß ich nicht, ob sie für Dich sind oder für ‚jene'. Ich glaube, mehr für die anderen, denn Du hast Deine Lehren weitergegeben und bist ins Licht gegangen, und ‚jene' haben noch einen weiten, weiten Weg vor sich.

Leb wohl, Du schöner Apfelbaum.

Aus unserem Programm

ISBN 3-923781-37-7
farbig gebunden,
62 Seiten, 8 ganzseitige Farbillustrationen, DM 19,80

Bernadette Raab

Manche Kinder können uns sehen

– 4 Feenmärchen –
mit 8 Farbillustrationen von Josephine Maag

In diesen vier „zauberhaften" Märchen begegnen den Kindern Feen, die ihnen die Augen öffnen für eine in Liebe und Harmonie wirkende Schöpfung, die hinter unserer irdischen Dimension beheimatet liegt.

Diese Märchen werden Kinder immer wieder hören wollen.

ISBN 3-923781-58-X
Farbig broschiert,
ca. 84 Seiten,
DM 14,80

Bernadette Raab

Das stumme Wunderkind

– eine Erzählung nach einer wahren Begebenheit –

Eine Mutter bringt ein stummes Kind zur Welt. Sie geht durch alle Stadien der inneren Zerreißproben. Schließlich stellt es sich heraus, daß dieser stumme Junge ein Wunderkind des Klavierspiels ist.
Die österreichische Schriftstellerin erzählt diese wahre Begebenheit aus der heutigen Zeit in ihrer begnadeten Erzählweise mit großem Einfühlungsvermögen und dem Wissen um die spirituellen Hintergründe nach.

Ein Buch, das die Herzen rührt.

ISBN 3-923781-46-6
Farbig broschiert,
224 Seiten,
DM 26,80

Bernadette Raab

Im Glanz der Morgenröte

– ein Licht-Roman zur Zeitenwende –

Bernadette Raab ist eine begnadete spirituelle Schriftstellerin aus Niederösterreich.

Mit dem Roman „Im Glanz der Morgenröte" schuf sie ein Werk, das genau in unsere jetzige Zeit paßt. Eine junge spirituelle Frau lebt den zukünftigen ökologisch und spirituell aufgeweckten Menschen vor und vermag dadurch einen ganzen Ort zu verändern.

Hans Friedrich Werkmeister

Myrikos: – oder ‚Andreas Freundschaft mit ihrem Schutzgeist' – eine wahre Begebenheit –

Der bekannte Gartenbauingenieur und Autor von Umweltsmärchen schildert in diesem Buch die Freundschaft zwischen dem Geistwesen Myrikos und seiner Tochter, die im Alter von sieben Jahren »hinüberging«. Andrea sah ihren Geistfreund täglich und redete mit ihm. Ihr Vater durfte ihn bei Gelegenheit sehen.

Ein wahres spirituelles »Märchen« für Kinder von 4 bis 100 Jahren.

Mit 8 Aquarellen von Elisabeth Grünwidl.

ISBN 3-923 781-49-0
32 Seiten,
8 Farbillustrationen.
DM 14,80

GERDA SCHEER-KRÜGER:

DIE FALTERPRINZESSIN

- EIN MÄRCHEN -

mit 13 farbigen Aquarellen von

Elisabeth Grünwidl-Tobler

Das Manuskript samt Bildern zu diesem wunderartigen Buch wurde uns zur empfohlenen Drucklegung von *ELISABETH KÜBLER-ROSS* zugeschickt.

Ein Mädchen aus einem jenseitigen Lichtschloß darf ihrem Wunsch gemäß sich auf Erden in eine Raupe und dann in einen Schmetterling verwandeln, um den Menschen vom jenseitigen Reich zu künden.

Für alle - vom jüngsten bis zum ältesten Leser, Lauscher und Betrachter -, die sich am lichtvollen Märchenglanz erfreuen können, wird der Text mit den wirklich »bezaubernden« Bildern ein willkommenes Geschenk sein.

ISBN 3-923 781-23-7
farbig kartoniert
32 Seiten, DM 14,80

Josephine Maag

Jerinas Reise durch die Zeit

– ein spirituelles Märchen –
mit einem Vorwort von Frédéric Lionel

Ein zwölfjähriges Mädchen ist wie durch ein Wunder vor dem Ertrinken errettet worden. Das, was sie in dem bewußtlosen Zustand erlebt hatte, wird hier auf einzigartige Weise geschildert. Jerinas Engel führt sie in neun verschiedene Kindervergangenheiten ihrer früheren Leben zurück.

„Jerinas Reise durch die Zeit" wird die Augen und Herzen sicherlich nicht nur von Kindern erfreuen.

ISBN 3-923781-47-4
Farbig gebunden,
9 Farbillustrationen,
48 Seiten,
DM 19,80

ISBN 3-923781-31-8
8 ganzseitige Farbillustrationen
32 Seiten, geb.,
DM 14,80

Josephine Maag

Der Nordwind erzählt

– ein Märchen für groß und klein –

Der Nordwind, der diese Geschichte erzählt, begleitet einen kleinen Jungen aus Moskau auf seiner nächtlichen Reise. Denn der Mond erbietet sich, diesen auf seinem Strahl jeweils zu einem der Planeten zu führen, so daß deren Hüter (Mars, Jupiter, Saturn, Venus und Merkur) dem kleinen Nikolei von ihrer Bestimmung erzählen, die sie für die Menschen auf der Erde haben.

Zusammen mit den wirklich zauberhaften Farbbildern dürfte diese Geschichte jung und alt entzücken.

ISBN 3-923 781-42-3
DIN A4, gebunden,
40 Seiten,
ganzseitig vierfarbig illustriert.
DM 34,00

Hermann Hesse

Iris

Als Knabe versinkt Anselm in den Anblick einer blauen Schwertlilie, in deren Kelch sich ihm eine höhere Welt ahnungsvoll verkündet. Während der Knabe zum Mann heranwächst und gar Professor wird, vergißt er mehr und mehr von diesem Ahnen, das ihm die blaue Iris offenbarte. Er verliebt sich in eine schöne Frau namens Iris, die dann erst seine Frau werden will, wenn er den Weg der »Bilder«, der materiellen und äußeren Befriedigungen verlassen und den Weg nach innen eingeschlagen habe. Anselm begibt sich auf die Suche nach diesem Weg. Erst als die Geliebte gestorben ist, erfüllt sich sein sehnsuchtsvolles Suchen nach dem Wahren.

ISBN 3-923781-02-4
mehrfarbig, broschiert
90 Seiten, DM 16,80

Elisabeth Kübler-Ross

Über den Tod und das Leben danach

Zum erstenmal werden mit diesem Buch die Ergebnisse zum Thema „Über den Tod und das Leben danach" veröffentlicht, zu denen die berühmte Wissenschaftlerin und Ärztin Dr. ELISABETH KÜBLER-ROSS nach vielen Jahren des Erforschens an den Betten Sterbender gelangte.

„Ich glaube, es ist jetzt Zeit, daß die Leute wissen, daß der Tod gar nicht existiert, wenigstens nicht so, wie wir uns das vorstellen."